REISE in den Regenwald

Tim Knight

Aus dem Englischen
von Heike Schlotterer

Mit Fotografien von Juan Pablo Moreiras
und Tim Knight

BELTZ
& Gelberg

BELTZ
& Gelberg

Titel der englischen Originalausgabe:
JOURNEY INTO THE RAINFOREST

Programm Beltz & Gelberg, Weinheim
Einbandgestaltung: Max Bartholl unter Verwendung
eines Fotos von Mattias Klum
Satz: Satz- und Reprotechnik GmbH, Hemsbach
Printed in Hong Kong
ISBN 3-407-75330-6

In dankbarer Anerkennung gewidmet:

FAUNA & FLORA
International

Conserving wildlife since 1903

Zur Erhaltung der Tierwelt seit 1903
Great Eastern House, Tenison Road, Cambridge CB1 2DT, England

Fauna & Flora International arbeitet weltweit für die Erhaltung bedrohter Arten und Ökosysteme und sucht nach wissenschaftlich fundierten Lösungen, die zugleich auch den Bedürfnissen der Menschen gerecht werden.

Inhalt

Vorbereitung

Regenwälder sind magische Orte. Sie beherbergen Millionen erstaunlicher Pflanzen und Tiere: bunte Vögel und schillernde Schmetterlinge; fliegende Schlangen und kletternde Kängurus; riesige Eichhörnchen und winzige Äffchen; Spinnen, die Vögel fressen und Pflanzen, die Insekten fressen; essbare Pilze und Frösche mit tödlichem Gift. Es gibt für jeden etwas, vor allem, wenn du Krabbeltiere magst!

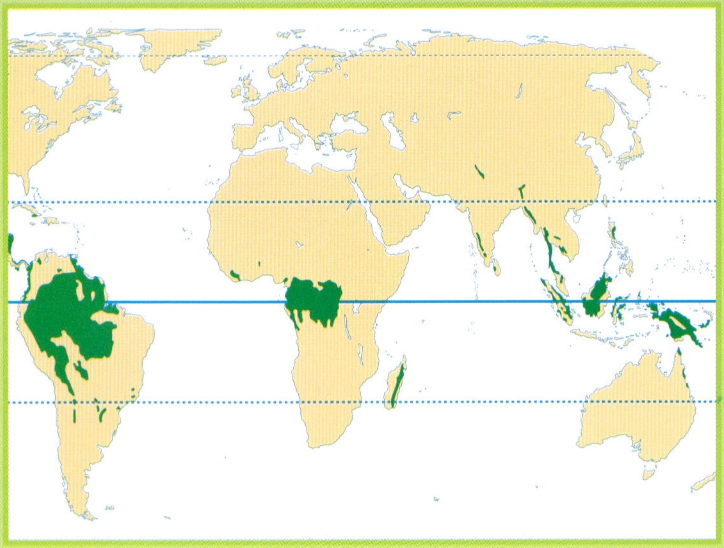

Regenwälder findet man hauptsächlich in den Tropen. Dieses Gebiet liegt zwischen zwei unsichtbaren Linien, dem so genannten Wendekreis des Krebses und dem Wendekreis des Steinbocks, die sich um die Mitte der Erdkugel ziehen. Der Amazonas-Regenwald in Südamerika ist wahrscheinlich der berühmteste, es gibt jedoch noch andere tropische Regenwälder in Afrika, Asien, Mittelamerika und Australien.

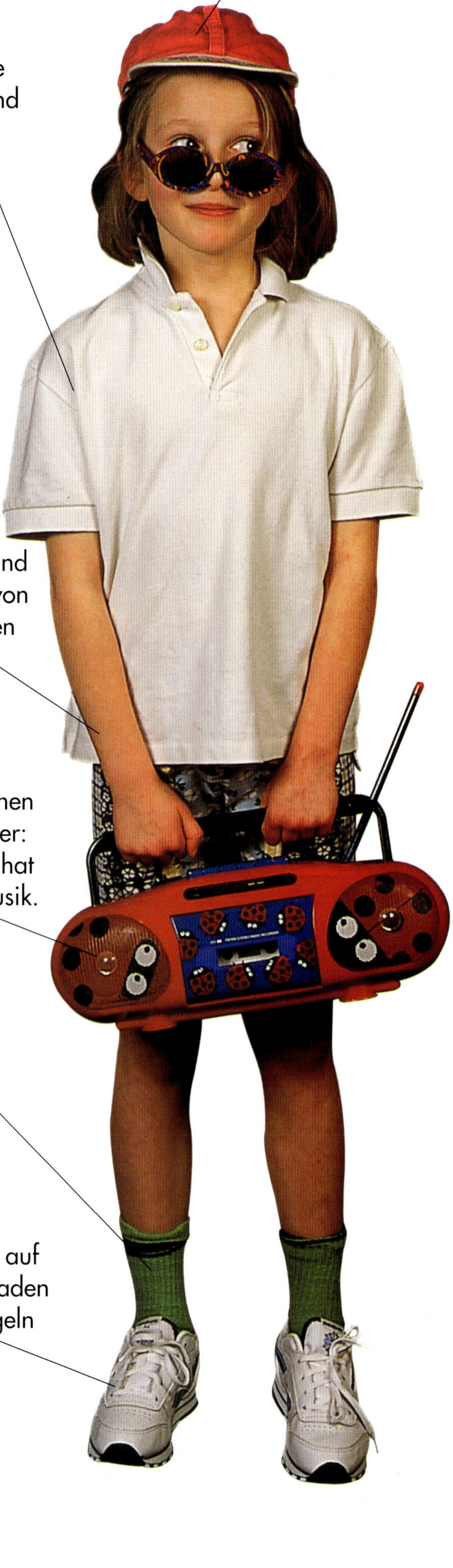

Baseball-Mützen schützen nicht vollständig vor der Sonne.

Weiß ist für Wildtiere eine Warnfarbe und vertreibt sie.

Nackte Arme und Beine werden von scharfen Dornen zerkratzt.

Du brauchst keinen Kassettenrecorder: Der Regenwald hat seine eigene Musik.

Wenn du grelle Farben trägst, sehen dich die Tiere zuerst.

Turnschuhe sind auf schlammigen Pfaden oder steilen Hügeln nutzlos.

JEDES JAHR wird am Amazonas ein Gebiet mit Regenwald von der Größe Großbritanniens zerstört.

Kein Regenwald gleicht dem anderen, jeder hat seine eigenen besonderen Pflanzen und Tiere. Eines ist ihnen jedoch gemeinsam: In jedem gibt es wunderbare Überraschungen und Geheimnisse, die nur darauf warten, entdeckt zu werden.

Leider verschwinden all diese Wälder. In vielen Ländern, die einst von Wald bedeckt waren, fällte man die Bäume, weil man das Holz brauchte oder Ackerfläche für die Landwirtschaft haben wollte.

Der Besuch in einem tropischen Regenwald ist ein aufregendes Erlebnis, doch er ist auch anstrengend, unbequem und sogar gefährlich. Das Gehen fällt schwer und man schwitzt, der Boden ist oft uneben und schlammig und man muss aufpassen, dass man nicht gestochen oder gebissen wird oder sich Arme und Beine zerkratzt. Für eine Reise in den Regenwald musst du gesund, abenteuerlustig und gut vorbereitet sein. Ganz wichtig ist ein vorheriger Besuch beim Arzt. Niemand mag Spritzen, aber Impfungen schützen vor vielen gefährlichen Krankheiten, die im Wald lauern.

Genauso wichtig sind die richtige Kleidung und die passende Ausrüstung. Dazu gehören keine Kassettenrekorder, Computerspiele oder die neueste Mode!

Die Reisekarte

Allein die Reise zum Regenwald ist schon ein Abenteuer. Die Länder mit tropischem Regenwald erreicht man erst nach einem stunden-, manchmal sogar tagelangen Flug. Selbst wenn man direkt hinfliegen kann, muss das Flugzeug oft zum Auftanken landen. Wir können nur hoffen, dass wir nicht auch noch umsteigen müssen. Zumindest haben wir genug Zeit, vom Regenwald zu träumen und uns vorzustellen, wie es dort aussieht.

Wenn das Flugzeug endlich am Zielort landet, bist du bereits sehr weit von daheim entfernt. Hier beginnt die eigentliche Reise. Ab jetzt ist jede Wegstrecke kurz und abwechslungsreich: ein Panoramaflug über den Regenwald mit einem kleinen Flugzeug; eine Fahrt mit dem Motorboot bis zur letzten Stadt vor dem Regenwald; eine holprige Fahrt auf der Ladefläche eines Lastwagens; eine Fahrt flussaufwärts in einem Fischerboot und dann in einem Kanu. Jeder Abschnitt der Reise bringt dich tiefer in den Wald hinein, wo die Expedition zu Fuß beginnt.

◀ Sonnenuntergang bei einem Fischerdorf an der Küste.

▼ Der Regenwald aus der Vogelperspektive.

Aufbruch ins Ungewisse

Stell dir vor, wie das kleine Flugzeug landeinwärts dreht und über den Baumwipfeln in einigen hundert Metern Höhe fliegt. Beim Landeanflug siehst du das glitzernde blaue Meer auf der einen Seite und den grünen Regenwald auf der anderen. Die Landebahn ist nur ein dünner Streifen rötlicher Erde zwischen den Bäumen. Kein Wunder, dass die Landung so holperig ist! Der Pilot öffnet die Tür, und heiße Luft strömt in die Kabine. Du hast das Gefühl, dass du von einem großen Föhn angeblasen wirst. Du bist in drei verschiedenen Flugzeugen gereist, nur um die Küste am Rande des Regenwalds zu erreichen. Die nächste Etappe der Reise erfolgt auf dem Wasser.

▶ Die meisten Krokodile sind von Natur aus scheu. Manchmal sieht man von ihnen nur ein wachsames Auge.

Ein verbeultes altes Motorboot wartet am Steg – das Dach ist ein Stück Leinwand auf vier Stangen. Auf dem Boot drängen sich Menschen, Holzkisten und Taschen. Während du an Bord kletterst, fällt dir eine alte Frau mit einem gackernden Huhn auf, das in Papier eingewickelt ist. Das Motorboot nimmt Kurs auf das offene Meer. In der Bucht wimmelt es von kleinen Fischerbooten. Beim Vorbeifahren siehst du, wie ein riesiger Adler herabstößt und mit den Klauen einen großen Fisch aus dem Wasser holt. Ein Fischer lächelt beim Flicken der Netze vor sich hin.

Das Boot folgt einige Minuten der Küstenlinie, dann steuert es landeinwärts in einen engen, gewundenen Kanal. Dort, wo der Fluss auf das Meer trifft, ist er salzig, und sein Wasser steigt und fällt mit den Gezeiten. Auf beiden Seiten siehst du Bäume, deren Wurzeln aus dem schwarzen Schlamm herausragen. Das ist der Mangrovensumpf. Es ist gerade Ebbe, und die Mangrovenwurzeln sehen aus wie Stelzen, bei Flut sind sie jedoch vom Wasser bedeckt.

Merkwürdig aussehende Fische springen unter den Bäumen umher. Sie heißen Schlammspringer, weil sie häufig das Wasser verlassen und sich an Land fortbewegen. Leuchtend bunte Krabben winken einander mit ihrer übergroßen Schere. Es sind männliche Winkerkrabben, die sich präsentieren, um die Weibchen zu beeindrucken.

Jenseits des Mangrovensumpfes öffnet sich der Kanal zu einem breiten Fluss. Das Boot lässt die Küste weit hinter sich und rast an Bananenplantagen und schlanken Palmen vorbei. Schließlich legt es an einem Steg an, auf dem sich die Menschen drängen, und alle springen an Land.

▲ Die Bäume und Palmen in einem Mangrovensumpf können im Salzwasser leben.

◀ Bei Ebbe staken Reiher im Schlamm umher und suchen nach Krabben und anderem Futter.

Das Leben im Dorf

Dies ist der letzte Flusshafen, bevor der eigentliche Regenwald beginnt. Neben dem Bootssteg wird lautstark ein Markt abgehalten. Die Bauern aus dem Umland sind in die Stadt gekommen, um ihre Feldfrüchte zu verkaufen. Du beschließt, sie zurück in ihr Dorf zu begleiten und deine Reise von dort aus fortzusetzen.

Du bleibst stehen und nimmst einen Schluck aus deiner Wasserflasche. Ein rostiger alter Lastwagen holpert vorbei und hält an, um die Bauern ein Stück mitzunehmen. Sie springen auf die Ladefläche und winken dir mitzukommen. Auf den überfluteten Feldern, die zwischen den beiden Flüssen liegen, siehst du Bauern beim Pflanzen. Das Land ist flach und kahl, es gibt kaum Bäume. Sie wurden gefällt und verbrannt, damit die Menschen Reis und andere Nahrungsmittel anbauen können.

Die Straße ist nur eine schlammige Fahrspur. Der Lastwagen beginnt zu schlingern. Kurz darauf versinkt eines der Räder tief im zähen Schlamm. Die Bauern springen ab und legen Steine unter das Rad. Dann stehen alle hinter dem Laster und schieben. Die Räder drehen durch und bespritzen alle mit Schlamm. Dann setzt sich der Laster in Bewegung, und die Bauern springen wieder auf.

▲ In diesem Dorf auf dem Wasser kommt man mit Flusstaxis am besten vorwärts.

Endlich kommt ihr im Dorf an, doch es wirkt verlassen. Alle Erwachsenen arbeiten auf den Feldern, nur die ältesten Bewohner und einige Mütter mit Babys bleiben zurück. Die Hütten sind aus Holz und stehen zum Schutz vor Tieren und Hochwasser auf Stelzen. Die Dächer sind aus Wellblech. Einige kleine Kinder jagen ein mageres Huhn. Zwei hungrige Hunde und ein Schwein stöbern unter den Hütten nach Essensresten.

◀ Wer will einen Bananensplit? Ein Bauer bringt seine Ernte zum Markt.

▶ Der echte, unberührte Regenwald beginnt fern jeglicher Zivilisation.

In den Bäumen hängen Flughunde. Abends fliegen sie zum Fressen in den Wald.

Es ist Zeit weiterzureisen. Ein Bauer bringt dich zum Fluss. Er ruft einen Fischer, der prompt zum Ufer steuert. Er schiebt seine Netze zur Seite, damit in dem kleinen Boot mehr Platz ist, und lädt dich ein mitzufahren. Das Boot steuert flussaufwärts Richtung Regenwald.

▶ Tagsüber schlafen Flughunde kopfüber in Höhlen oder Bäumen.

Regen, Regen, Regen

Das Wasser ist klar und fließt schnell am Boot vorbei, das gegen die starke Strömung kämpft. Der Fischer steuert im Zickzackkurs stromaufwärts und hält sich an die tieferen Kanäle, um Felsen und Baumstämme am Grund des Flusses zu umgehen, denn sie könnten die Schraubenwelle beschädigen. An einigen Stellen ist das Wasser so seicht, dass ihr beide ins Wasser springen und das Boot schieben müsst. Der Flussboden ist sehr glitschig, und du rutschst mehrere Male aus.

◀ Ein Eisvogel hält von seinem Hochsitz am Flussufer Ausschau nach Futter.

Wo sich das Flussbett steil neigt und die Oberfläche des Wassers von Felsen durchbrochen ist, ist die Strömung sogar noch reißender. Diese Stellen des Flusses nennt man Stromschnellen. Wenn das Boot eine Stromschnelle hinauffährt, scheint es endlos zu dauern, bis es die Spitze erreicht, es ist, als ob man versucht, eine abwärtsfahrende Rolltreppe hinaufzurennen.

Alle paar Minuten steuert der Fischer aufs Ufer zu und hält an, um sein Netz auszuwerfen. Er konzentriert sich auf die tieferen Stellen unter den überhängenden Pflanzen. Dort sammeln sich die Fische und fressen die Früchte und Raupen, die ins Wasser fallen.

◀ Bei starkem Regen wird Erde in den Fluss gewaschen und färbt ihn schlammbraun.

◀ Der Regen läuft an der »Träufelspitze« eines Blattes ab. Dadurch kann es schnell trocknen, bevor sich Moos bildet und das Licht abhält.

Es wird immer dunkler. Ein Sturm braut sich zusammen. In der Ferne rumpelt Donner. Weiter vorne regnet es bereits über den Baumwipfeln. Schon bald ist der Himmel fast schwarz. Als schließlich der Regen einsetzt, ist er so stark, dass du binnen Sekunden klatschnass bist. Der Fischer holt das Netz ein und zieht die zappelnden Fische heraus. Als das Boot wieder losfährt, fällt der Regen wie ein dichter Vorhang, durch den das gegenüberliegende Ufer nicht mehr zu erkennen ist. Immer größere Äste und sogar kleine Baumstämme treiben vorbei. Der Fluss steigt schnell und hat eine braune Farbe angenommen. Mit steigendem Pegelstand wird das lose Material am Ufer weggeschwemmt. Steine und Baumstämme, die im Flussbett feststeckten, werden von der starken Strömung mitgerissen.

Als das Boot eine Flussbiegung erreicht, trifft es auf riesige Wassermassen. Durch den Regen ist es zu Überschwemmungen gekommen, und nun rast eine Flutwelle den angeschwollenen Fluss hinunter. Festhalten! Das Boot wird in die Luft gehoben und droht einen Moment lang zu kentern. Ein dicker Baumstab braust wie ein außer Kontrolle geratener Lastwagen auf das Boot zu. Gerade noch rechtzeitig weicht ihm der Fischer aus. Das war knapp! Da es zu gefährlich ist, auf dem Fluss zu bleiben, steuert ihr das Ufer an.

◀ Bei starkem Regen können bis zu zehn Zentimeter Wasser in der Stunde fallen.

Der riesige Schirm

Gerettet! Noch jemand hat hier Zuflucht gesucht. Ein kleines Kanu ist an einem Baum am Ufer festgebunden. Der mächtig angestiegene Fluss hat eine karamellbraune Farbe, als ob jemand hunderte Liter geschmolzener Schokolade in das Wasser gekippt hätte.

Das Trommeln des Regens ist ohrenbetäubend, doch im Wald schützt euch das Blätterdach wie ein riesiger Schirm. Eine dicke Schicht aus Pflanzen und Blättern, das so genannte Kronendach, bildet über dem Wald eine Art gigantischer Decke. Die Pflanzen des Kronendachs fangen einen Großteil des starken Regens ab. Gelegentlich tropft Wasser herab, doch es dauert zehn Minuten, bis es den Waldboden erreicht hat.

Wenn du viele wilde Tiere erwartet hast, ist dein erster Gang durch den Wald vielleicht etwas enttäuschend. Die Tiere des Regenwalds sind scheu und schwer zu finden. Nur mit Geduld, Glück und scharfen Augen kann man sie entdecken.

◀ Auf dem dunklen Waldboden sprießt aus einer Baumwurzel die Blüte einer Schmarotzerpflanze.

▲ Ein Vogelnestfarn w
im Kronendach auf eine
Plattform aus Ästen und
gewundenen Stämmen.

◀ Die Flügel einiger Schmetterlinge scheinen ihre Farbe im Sonnenlicht zu verändern.

Ein schillernder Schmetterling fliegt vorbei und verschwindet plötzlich. Sobald er landet, wird er unsichtbar. Mit geschlossenen Flügeln ist der Schmetterling unauffällig braun und verschmilzt mit dem Hintergrund.

Die Luft ist heiß und stickig wie in einem Dampfbad. Außerdem ist es ziemlich dunkel. Selbst wenn die Sonne scheint, verdecken die Baumkronen das Licht. Pflanzen können ohne Sonnenlicht nicht überleben, daher gibt es auf dem Waldboden nicht viel Unterholz. Allerdings wachsen dort tausende von kleinen Sämlingen, die meist nur wenige Zentimeter hoch sind. Gelegentlich behaupten sich auch ein paar größere Pflanzen. Palmen mit stachligen Stämmen und langen, dünnen, vielfingrigen Blättern können auch an schattigen Stellen überleben.

HOCH OBEN in der Kronenschicht berühren die Blätter unterschiedlicher Bäume einander nie, obwohl sie sehr eng nebeneinander wachsen. Wissenschaftler sprechen von einer »Wipfelscheu«.

Es wird sogar noch dunkler. Der Fischer geht voraus. Plötzlich riecht ihr Rauch. Ein wenig tiefer im Wald sitzt jemand neben einem kleinen Feuer. Das muss der Besitzer des Kanus sein. Er winkt euch zu sich her und zeigt auf sich: »Jali«. Das wird ein guter Platz zum Übernachten.

▶ Das ohrenbetäubende Zirpen der »Sechs-Uhr«-Zikade ist ein sicheres Anzeichen für die hereinbrechende Nacht.

Die Nacht hat tausend Augen

Im tropischen Regenwald wird es sehr schnell dunkel. Nachtaktive Tiere wachen dann auf und rufen einander. Statt Vogelgezwitscher hört man nun das Zirpen der Grillen und das Quaken der Frösche. Nach dem starken Regen erklingt im Wald das leise Zirpen der Baumfrösche.

▲ Der Atlasspinner, einer der größten Schmetterlinge der Welt, lebt in den Regenwäldern Südostasiens.

IM WALD IST ES NIE vollkommen dunkel. An bestimmten Stellen schimmert der Boden vom Licht der Leuchtpilze. Manchmal scheinen diese fluoreszierenden Pilze in der Luft zu hängen, weil sie auf Baumstämmen wachsen, die bei Nacht fast unsichtbar sind.

Nachtaktive Tiere haben unterschiedliche Methoden, um im Dunkeln Futter zu finden. Stachelschweine spüren mit ihrer Nase heruntergefallene Früchte auf dem Waldboden auf. Waldkatzen sehen viel besser als Menschen und können bei Mondlicht jagen. Einige Schlangen können eine Maus sogar bei völliger Dunkelheit erkennen, weil sie deren Körperwärme spüren.

▼ Ein Gecko kommt aus seinem Tagesversteck und geht auf die Jagd.

Das Licht einer Taschenlampe zieht hunderte von Insekten an, darunter auch tellergroße Motten. Im Strahl der Taschenlampe leuchten die Augen versteckter Spinnen wie Stecknadelköpfe auf. Einige Meter weiter weg bewegen sich winzige Lichter zwischen den Bäumen. Leuchtkäfer! Sie geben einander Zeichen mit einem Licht am Körperende, das an- und ausgeht wie eine Neonreklame.

Ein hungriger Gecko (eine nachtaktive Eidechse) huscht einen Baum hinauf. Seine scharfen Augen haben eine Grille entdeckt. Eine klebrige Zunge schießt auf den saftigen Leckerbissen zu. Getroffen! Über dir raschelt es. Ein Paar rote Augen starrt herunter und blinzelt im Licht der Taschenlampe, bevor es zwischen den Blättern verschwindet.

Es war ein langer Tag. Du musst dich ausruhen, um für die Weiterreise gerüstet zu sein. Beim Einschlafen fragst du dich, wie viele Augen aus den Bäumen um das Lager wohl auf dich blicken.

▼ Leuchtpilze leuchten im Dunkeln.

Im Herzen des Waldes

Am nächsten Morgen machen die Vögel und andere Geschöpfe des Waldes noch vor Sonnenaufgang einen erstaunlichen Krach. Wer braucht da einen Wecker? Im Wald pfeift, singt, kreischt und quietscht es. Es ist Zeit nachzuschauen, ob der Fluss wieder sicher zu befahren ist. Zuerst solltest du jedoch deine schlammigen Stiefel ausschütteln. Vielleicht ist nachts etwas hineingekrochen. Tatsächlich, ein kleiner Skorpion fällt heraus und krabbelt davon, den gefährlichen Stachelschwanz hoch über den Rücken gereckt.

► Skorpione fangen ihre Beute mit den Scheren. Den Giftstachel benutzen sie nur zur Verteidigung.

Der Fluss ist immer noch schlammig, doch der Pegel ist gesunken. Jali wartet neben dem Kanu. Er zeigt flussaufwärts und bietet dir an, dich tiefer in den Wald zu bringen. Von jetzt an ist er dein Führer. Das Kanu passiert riesige Bäume, die von beiden Ufern über das Wasser hängen. Als der Fluss schmaler wird, berühren sich die Äste beinahe. An manchen Stellen bilden ihre Blätter einen Bogen über euch und verdecken die Sonne. Dir kommt es vor, als ob das Kanu von einer unsichtbaren Kraft durch den grünen Tunnel gezogen wird wie ein Raumschiff in ein Schwarzes Loch.

◄ Am Stammende breiten sich Wurzeln aus, die den hohen Baum stützen.

▼ Eine Giftschlange lauert einem Opfer auf.

Auf beiden Seiten klingen aus dem grünen Pflanzendickicht die Stimmen tausender versteckter Kreaturen.

Was ist das für ein tiefes Grollen vor euch? Die Antwort liegt hinter der nächsten Biegung. Eine Wand aus Wasser, höher als ein Haus, versperrt den Weg. Das Donnern des Wasserfalls übertönt alle anderen Geräusche.

Jali paddelt ans Ufer, bindet das Kanu an einem Baum fest und lädt die Taschen aus. Dann klettert er das steile Ufer neben dem Wasserfall hinauf und winkt dir, ihm zu folgen. Der Boden ist glitschig von der Gischt, wodurch die Kletterpartie noch mühsamer wird.

Oben angekommen schnappst du nach Luft und blickst zurück auf den Fluss. Du hoffst, dass das Kanu auch nach eurer Rückkehr noch da sein wird. Wenn es von der nächsten Flutwelle weggerissen wird, gibt es keinen Weg zurück.

▶ Vogelflügler-Schmetterlinge sammeln sich auf dem nassen Schlamm und versorgen sich mit Mineralien.

▲ Das feuchte Klima in der Nähe eines Wasserfalls ist ideal für feuchtigkeitsliebende Pflanzen, Frösche und andere Tiere.

Riesige Bäume

Ihr geht in den Wald hinein, und ein winziger gelbroter Eisvogel fliegt von einem nahen Ast auf. Er sieht aus wie ein leuchtfarbener Pfeil.

Pass auf, wo du hintrittst! Man kann leicht über die Baumwurzeln stolpern, die sich auf dem Waldboden wie dicke Adern ausstrecken. Die Bäume des Regenwalds haben keine tiefen Wurzeln. Die Feuchtigkeit und die Nährstoffe, die sie brauchen, stecken nahe an der Oberfläche im nassen Teppich verrottender Blätter, der so genannten Waldstreu. Ohne tiefe Wurzeln zur Stütze der dicken Stämme sind die Bäume kopflastig. Damit sie vor allem bei Stürmen nicht umfallen, haben sie besondere Wurzeln entwickelt, die Brettwurzeln. Sie wachsen einige Meter über der Erde fächerförmig aus der Seite des Stammes und geben dem Baum wie die Stützräder bei einem Fahrrad zusätzlichen Halt.

▶ Nicht alle Eisvögel fressen Fisch. Diese Art lebt tief in den Wäldern und ernährt sich von Insekten und Spinnen.

▶ Die Nibung-Palme schützt sich mit spitzen Stacheln.

◀ Die meisten Bäume im Regenwald sind mit Kletterpflanzen überzogen.

In der Nähe des Äquators, wo die Tropischen Regenwälder zu finden sind, ist es feuchter, wärmer und sonniger als irgendwo sonst auf der Erde. Das Klima hat sich seit Millionen von Jahren kaum verändert. Es bietet ideale Wachstumsbedingungen für Bäume und Pflanzen – wie in einem endlosen Gewächshaus, das sich um die Mitte der Erdkugel erstreckt.

Einige der riesigen Bäume, die über dir in den Himmel ragen, leben seit hunderten von Jahren. Ihre massiven Stämme erstrecken sich gerade und glatt bis zu den Wipfeln. Du hast das Gefühl, neben gigantischen Steinsäulen in einer Kathedrale zu stehen.

Plötzlich ist ein lautes Krachen wie von einem Gewehrschuss zu hören, dann folgt ein ungeheurer Aufprall. Irgendwo in der Nähe ist ein großer Baum umgestürzt. Jedes Geräusch verstummt, als ob der ganze Wald innehalten und lauschen würde. Jetzt hast du Gelegenheit, die Pflanzen zu sehen, die normalerweise außer Sichtweite in den Baumwipfeln wachsen. Du gehst in Richtung des Geräuschs.

IM TROPISCHEN REGENWALD gibt es unglaublich viele Baumarten. Viele sehen gleich aus, doch ein Fachmann kann auf einem Gebiet von der Größe eines Fußballfeldes über 100 verschiedene Arten finden.

Wettlauf zum Himmel

Ganz in der Nähe dringt Sonnenlicht in den Wald und bescheint die Baumstämme. Dort muss der Baum umgestürzt sein. Du kommst aus dem Dunkel zu einer strahlend hellen Stelle, wo umgestürzte Bäume, abgebrochene Äste und merkwürdig aussehende Pflanzen wild durcheinander liegen. Der größte Baum ist mit feuchtem Moos überzogen. Riesige Farne und andere Pflanzen hängen immer noch in den obersten Ästen. Auch Orchideen mit hübschen weißen Blüten wachsen dort. Orchideen brauchen viel Licht, daher wachsen sie normalerweise im Kronendach und nehmen über ihre Wurzeln Wasser aus der feuchten Luft auf.

◀ Über drei Viertel aller Orchideenarten der Welt wachsen im Regenwald.

Nach einem schweren Sturm stürzen oft Bäume um. Die Blätter und Kletterpflanzen sind tropfnass, und das zusätzliche Gewicht des Wassers in der Baumkrone ist für den Baum eine erhebliche Belastung. Wenn die Last zu schwer wird, stürzt der ganze Baum um.

◀ Dort, wo ein Baum umgestürzt ist, strömt durch die Lücke im Blätterdach Sonnenlicht herab.

Der schwere Baum hat die Stämme kleinerer Bäume wie Streichhölzer umgeknickt und alles unter sich plattgedrückt. Über dir ist ein großes Stück blauer Himmel zu sehen. Es sieht aus, als ob jemand ein gigantisches Loch durch das Dach des Waldes geschlagen hätte. Helles Sonnenlicht scheint in die große Lücke und beleuchtet den Boden wie ein gigantischer Scheinwerfer.

▶ Eine Chance von eins zu einer Million. Die winzigen Schösslinge brauchen viel Glück, um zu überleben.

▼ Eine junge Pflanze reckt sich den Sonnenstrahlen entgegen. Der Wettlauf zum Kronendach hat begonnen.

Wenn ein alter Baum umstürzt, zerstört er Leben, schafft aber auch neues. Pflanzen und Tiere verlieren ihr Heim im Baumwipfel oder werden durch den Sturz zerdrückt. Doch gleichzeitig erwachen tausende von Samen und jungen Pflanzen durch die wärmenden Sonnenstrahlen zum Leben und beginnen einen Wettlauf zum Himmel. Eine Pflanze wird die Lücke füllen, die durch den umgestürzten Baum entstand. Der Wettlauf ist ein Marathon, der viele Jahre dauert. Einige Pflanzen beginnen wie Sprinter und wachsen schnell, halten jedoch nicht lange durch. Wenn diese »Pioniere« nicht mehr weiter wachsen können, werden sie von den Langstreckenläufern überholt, die dann den Kampf um den Zieleinlauf unter sich ausmachen. Es kann dreißig Jahre dauern, bis der Sieger oben ankommt, seine Äste ausbreitet und die Sonne erneut verdeckt.

▲ Wilde Bananen wachsen schnell. Sie gehören zu den ersten Pflanzen, die eine Lücke im Wald besiedeln.

Alle Tiere *groß und klein*

Auf dem Weg zurück in den dunklen Wald bleibt Jali vor einem verfaulenden Baumstamm stehen. Von weitem meint man, der Stamm sei mit kleinen Blumen bedeckt. In Wirklichkeit sind die bunten Blüten, die aus dem Stamm wachsen, eine Art Pilz. Pilze sind einfache Pflanzen, die rasch durch die Streu auf dem feuchten Waldboden wuchern. Sie leben von toten Blättern und altem Holz und sorgen so dafür, dass diese schneller verrotten und verfaulen.

▶ Diese Tausendfüßler rollen sich bei Gefahr zu einer Kugel zusammen.

Dieser Baumstamm sieht immer noch massiv aus, doch wenn du draufdrückst, fühlt sich die Oberfläche weich und schwammig an. Im Blätterdach darüber ist keine Lücke zu entdecken, das heißt, dass der Baum vor langer Zeit umgestürzt ist. Es dauert Jahre, bis ein dicker Baumstamm verrottet, doch nach und nach wird er von Pilzen, Tausendfüßlern, Käfern und anderem Getier gefressen, bis nichts mehr von ihm übrig bleibt.

Eine Schnecke hat an den Pilzen geknabbert. Langsam kriecht sie weiter, bis sie plötzlich anhält und die Fühler einzieht.

◀ Eine riesige Schnecke kriecht davon, nachdem sie sich an Pilzen gestärkt hat.

▲ Pilze auf einem verrottenden Ast am Waldboden. Pilze, die von totem Holz leben, heißen Saprophyten.

Etwas versperrt der Schnecke den Weg. Ein Zug winziger ameisenartiger Tiere überquert den Baumstamm. Termiten! Zu tausenden marschieren sie hintereinander her.

▶ Ein Termitenbau hat stabile harte Wände aus Kot, Speichel und Erde.

Eine Termite ist kleiner als ein Streichholzkopf. Dennoch zählt sie zu den wichtigsten Bewohnern des Regenwaldes. Termiten haben eine Möglichkeit gefunden, aus verrottenden Blättern und totem Holz Nahrung zu gewinnen. Sie recyceln den ganzen »Müll« des Waldes, indem sie ihn mitnehmen und fressen! Während die Termiten mit Aufräumen beschäftigt sind, werden sie von größeren Tieren gefressen! Im Regenwald landet jeder irgendwann im Magen eines anderen.

Die Termiten brechen den Stamm auf und tragen ihn Stück für Stück weg. Die Termitenstraße windet sich über hundert Meter am Boden entlang, führt dann einen kleinen Baum hinauf und verschwindet schließlich in einer Röhre aus trockenem Schlamm. Das ist der Bau der Termiten. Im Inneren lebt die riesige Königin. Sie ist hundert Mal größer als die Arbeiter, die sie versorgen. Jeden Tag legt sie tausende von Eiern.

▲ Eine Gespenstheuschrecke drückt sich an einen Ast, bis die Gefahr vorüber ist.

Tarnen *und Täuschen*

▲ Dank der falschen Löcher in ihren Deckflügeln sieht diese Grille wie ein angeknabbertes Blatt aus.

Direkt neben der Termitenstraße bewegt sich plötzlich ein totes Blatt. Wie kann das sein, wenn kein Wind weht? Das Blatt bewegt sich erneut und fliegt dann weg. Es ist eine getarnte Motte! Wie viele Blätter sind noch lebendig? Du starrst auf eine bestimmte Stelle am Boden und wartest, dass sich noch etwas bewegt. Da! Ein Zweig mit Beinen? Nein, eine Gespenstheuschrecke. Sie faltet ihre sechs Beine unter den Körper und liegt völlig still – nun ist sie wieder unsichtbar.

Im Regenwald gibt es viele versteckte Lebewesen, die überleben, weil sie so tun, als ob sie etwas anderes wären. Sie tarnen sich, um ihre Feinde irrezuführen. Diese schlaue Art der Tarnung heißt Mimese.

Man braucht scharfe Augen, um die getarnten Tiere im Wald zu entdecken. Jali findet eine Kröte, die sich zwischen altem Laub versteckt. In den Bäumen, Pflanzen und auf dem Waldboden leben hunderte von Lebewesen, die wie hüpfende Blätter, fliegende Stöckchen und sechsbeinige Holzstücke aussehen.

◀ Die Nasenzipfelkröte kann als Blatt getarnt stundenlang vollkommen still sitzen.

▶ Diese gut getarnte Motte sieht wie die Blätter aus, auf denen sie sich ausruht.

Mit Hilfe der Tarnung können Beutetiere vermeiden, gefressen zu werden, sie kann aber auch den Raubtieren bei der Jagd helfen: Die Flecken des Leoparden lassen ihn vor dem Hintergrund verschwimmen; der Stängel einer Pflanze ist in Wirklichkeit vielleicht eine dünne grüne Schlange, die auf einen unvorsichtigen Vogel lauert. Kleinere Raubtiere sind genauso schlau. Die Gottesanbeterin, eine Fangheuschrecke, fängt ihre Beute, indem sie sich als Blume tarnt. Teile ihres Körpers sehen aus wie Blütenblätter. Wenn ein Insekt auf ihr landet, schnappt sich die Gottesanbeterin den Leckerbissen, frisst ihn auf und wartet dann auf den nächsten Besucher. Im Regenwald ist Verstecken kein Spiel, sondern eine Frage von Leben und Tod.

▲ Jetzt siehst du mich, bald aber nicht mehr! Könntest du diese Gespenstheuschrecke auf einem moosbewachsenen Baumstamm erkennen?

Einige Tiere sind so schwer zu entdecken, dass nur Experten sie finden. Oft weist nur ein Geräusch in den Bäumen, eine Feder am Boden oder ein Fußabdruck im Schlamm auf ihre Anwesenheit hin. Um diese Zeichen zu deuten, musst du ein Walddetektiv sein.

Schönheit und Schrecken

Der Wald ist voller Spuren. Neben einer Pfütze sind Abdrücke im Schlamm. Hier hat ein Tier getrunken. Eine kurze Spur von Hufabdrücken führt vom Wasser weg, verliert sich aber auf härterem Boden. Jali findet an einem spitzen Ast ein paar Haare. Dort entlang! Er schleicht auf Zehenspitzen und vermeidet trockene Zweige, weil sie laut knacken würden, wenn er drauftreten würde. Er bleibt stehen. Nur wenige Meter weiter drückt sich ein Rehkitz auf den Boden.

▲ Die Augen eines Chamäleons können sich gleichzeitig in unterschiedliche Richtungen bewegen.

► Wenn es Angst hat, blökt ein Bellhirschkitz laut. Die ausgewachsenen Bellhirsche bellen wie Hunde.

Eine blaue Feder schwebt aus dem Blätterdach auf den Waldboden. Jali blickt hoch und pfeift. Er imitiert den Ruf eines Vogels. Innerhalb von Sekunden erscheint laut pfeifend ein leuchtend blauer Vogel. Von ihm stammt die blaue Feder. Er hat Jali für einen anderen Vogel gehalten und flog her, um sein Revier zu verteidigen, den Teil des Waldes, in dem er lebt.

◄ Diesen Fliegenschnäpper aus Südostasien kann man aus der Deckung locken, indem man seinen Ruf nachahmt.

◀ Die Haut des Pfeilgiftfrosches sondert ein tödliches Gift ab. Jäger benützen es für die Spitze ihrer Blasrohrpfeile.

▲ Viele Tagschmetterlinge schmecken schlecht. Vögel lernen sehr schnell, sie zu meiden.

Jali hebt etwas auf, das aussieht wie ein großer Zahnstocher. Es ist der Stachel eines Stachelschweins, hart und spitz wie eine Nadel. Stachelschweine sind eine Art großer Ratten, die von ihren spitzen Stacheln geschützt werden.

Ein bunter Frosch sitzt neben einer Pfütze mit Regenwasser. Er sieht vielleicht hübsch aus, doch es wäre keine gute Idee, ihn in die Hand zu nehmen. Leuchtendbunte Tiere sind oft giftig. Die Farbe warnt andere Tiere, sich fern zu halten. Andere benutzen Farben, um ihre Feinde irrezuführen. Sie imitieren das Aussehen eines giftigen Tieres und tun so, als ob sie gefährlich wären. Das nennt man Mimikry. Damit sie nicht gefressen werden, ahmen einige harmlose Schmetterlinge die Warnfarben schlecht schmeckender Arten nach.

Es raschelt im Laub. Eine Eidechse? Schau genauer hin. Auf dem Waldboden, fast unsichtbar zwischen den Blättern, hat sich eine kleine Viper zusammengerollt. Diese Giftschlange will nicht gesehen werden. Bei der Jagd auf die nächste Mahlzeit ist es wichtiger, sich zu tarnen, als einen Feind zu warnen.

▼ Trotz ihrer Warnfarben ist die Gestreifte Bronzenatter harmlos.

Überleben im Wald

Die kleinsten Lebewesen sind oft die gefährlichsten. Jedes Jahr sterben tausende von Menschen in den Tropen an Malaria. Diese Krankheit wird von Stechmücken beim Blutsaugen übertragen.

▶ Früchte gibt es in allen Formen und Größen, sie sind jedoch nicht immer essbar.

Die Bewohner des Regenwalds können sich keine moderne Medizin leisten. Stattdessen vertrauen sie auf die Pflanzen. In einigen tropischen Ländern behandelt man Malaria mit Chinin, das aus der Rinde des Chinarindenbaums gewonnen und dann getrunken wird.

Viele der Bäume und Pflanzen in Jalis Wald sind sehr nützlich. Jali kocht bestimmte Blätter und trinkt den Sud gegen Fieber. Manche Wurzeln kann man wie Gemüse zubereiten. Einige Palmen haben starke Fasern, die zum Weben verwendet werden.

◀ Ingwerwurzeln sind wertvolle Pflanzen des Regenwalds. Sie werden für Gewürze, Parfüms, Farbstoffe und Medikamente verwendet.

▶ Im Regenwald gibt es keinen Wasserhahn, aber man kann Wasser im Stamm einer Liane finden.

Jali reicht dir eine Frucht. Sie riecht übel, aber du probierst trotzdem. Köstlich! Du findest einige saftig aussehende Beeren, aber Jali schüttelt den Kopf. Sie sind giftig. Er presst sein Ohr gegen einen umgestürzten Baumstamm, klopft gegen das faulende Holz und zieht dann zwei fette weiße Larven heraus. Er isst eine und bietet dir die andere an. Augen zu und schnell schlucken!

Du greifst nach deiner Wasserflasche, aber Jali hat eine bessere Idee. Er greift hinauf zum dicken hölzernen Stängel einer Liane, der von den Baumwipfeln herunterhängt. Lianen sind riesige Kletterpflanzen. Sie suchen sich ihren Weg ans Licht, indem sie sich um andere Pflanzen winden und sie als Stütze verwenden. Jali schneidet in die Liane. Wasser spritzt aus dem Stamm.

Menschen wie Jali verbringen ihr ganzes Leben im Regenwald. Er bietet ihnen Nahrung, Medizin und Unterschlupf. Ohne den Wald hätten sie kein Zuhause.

▲ Ein Viertel aller Medikamente stammt von den Pflanzen des Regenwalds.

▲ Diese Beeren gehören zu einer Kräuterpflanze.

Baumstamm-straßen

Aus dem Lianenende tropft immer noch Wasser. Der lange Stamm windet sich nach oben und verschwindet im Blättergewirr. Durch eine Lücke im Kronendach entdeckt Jali eine Honigwabe. Sie hängt von einem hohen Ast nahe der Krone eines riesigen Baumes. Der Stamm ist glatt und gerade ohne niedere Äste. Will er wirklich da hinaufklettern? Zuerst schneidet er einen jungen Schössling ab, den er später als Stange verwenden will. Er ignoriert den riesigen Baum und geht stattdessen zum nächsten Baumstamm.

◀ Eine Echse wartet geduldig auf vorbeikommende Termiten oder Ameisen.

Dieser ist mit Lianen bedeckt, die den Baum als Kletterhilfe auf dem Weg zum Kronendach gebrauchen. Jali benutzt ihre gewundenen Äste als Leiter. Nach wenigen Minuten erreicht er die Baumkrone und winkt dir, ihm zu folgen. Worauf wartest du noch? Das ist nicht der richtige Moment für Höhenangst. Jetzt kannst du herausfinden, wie das Kronendach aussieht.

▶ Bäume, deren Blüten direkt am Stamm wachsen, so genannte Kauliflorien, finden sich nur im Regenwald.

Einige Tiere verbringen ihr ganzes Leben zwischen Boden und Blätterdach, doch die meisten sind nur auf der Durchreise. Eichhörnchen, Ameisen und Termiten benutzen die Baumstämme als Straße zwischen Boden und Wipfeln. Auch die Kletterpflanzen ziehen sich nach oben und versuchen, das Sonnenlicht zu erreichen. Viele haben gekrümmte Dornen an den Stielen und Blättern. Sie helfen ihnen, sich bei ihrem Weg nach oben an den Bäumen festzuklammern.

◀ Ein Flugdrache in der Hand. Man sieht, wie er die Haut zwischen seinen Rippen zu »Flügeln« ausdehnen kann.

Einige Meter über dem Boden verläuft der Stamm durch die Kronen zweier kleinerer Bäume. Darüber hat man einen guten Blick auf andere große Stämme. In einem Baum in der Nähe wird eine Eidechse von einer Schlange gejagt. Plötzlich lässt sich die Echse fallen und gleitet in der Luft nach unten zu einem anderen Baum. Diese Echsen heißen Flugdrachen, weil sie sich in kleine Drachenflieger verwandeln, wenn sie die Haut zwischen ihren Rippen wie ein Paar steife Flügel ausstrecken. Flugfrösche nutzen die Spannhäute zwischen ihren Zehen als Fallschirme; einige Eichhörnchen haben Hautfalten an der Seite, die sie ausbreiten können, und fliegende Schlangen flachen ihre Körper zu einem gewundenen Band ab. Oben im Sonnenlicht breitet der Baum seine Blattkrone aus. Direkt darunter baumeln lange Wurzeln in der Luft. Sie gehören zu den Baumfarnen und anderen Pflanzen, die in den Ästen leben. Nicht nach unten sehen!

◀ Die meisten alten Baumstämme sind mit Moos und Kletterpflanzen überzogen.

Die Welt in den
Wipfeln

Kaum bist du oben angekommen, knackt es laut in den Ästen. Ein Affe springt auf den nächsten Baum … und noch einer und noch einer. Die Äste sind voller Früchte, und die Affen tun sich daran gütlich. Ein Baum in der Nähe ist mit kleinen Blüten bedeckt; Insektenschwärme laben sich am Nektar; zwischen den Blättern hüpfen winzige grüne Vögel. Farbenprächtige Papageien mit roten, grünen und blauen Federn fliegen lärmend durch die Baumwipfel. Die Luft ist erfüllt mit Summen, Heulen, Kreischen und Zwitschern.

► Südamerikanische Spinnenaffen benutzen ihren Schwanz beim Klettern als zusätzlichen Arm.

Einige Vögel fressen Früchte, andere suchen nach Raupen oder drehen auf der Suche nach Spinnen und Käfern das Laub um, das sich in den Astgabeln angesammelt hat. Aufgrund des warmen und feuchten Klimas verrotten die Blätter schnell und produzieren dabei Nährstoffe – eine Art natürlicher Dünger. Dieses unbegrenzte Angebot an Nahrung und Wasser bewirkt, dass hoch oben in den Bäumen viele Pflanzen leben können. Sie klammern sich an Äste oder Baumstämme, anstatt ihre Wurzeln im Boden des Waldes zu verankern. Solche Pflanzen nennt man Epiphyten. Tagsüber verstecken sich Baumfrösche in den Epiphyten und legen sogar ihre Eier in die winzigen Wassertümpel, die sich in diesen Pflanzen nach einem Regenschauer bilden.

▲ Die ersten Sonnenstrahlen lösen den Frühnebel über dem Wald auf.

◀ Hoch über dem Boden sammelt sich Wasser in einer Bromelie und bildet einen Minitümpel für Kaulquappen.

Das Kronendach ist wie eine Schatzkammer. Es wimmelt dort nur so von Tieren, deren Leben sich verborgen vor der glühenden Sonne unter der dicken Schicht der Blätter abspielt. Die meisten Tiere leben in diesem gigantischen Dachgarten 30 Meter über dem Boden! Über drei Viertel aller Geschöpfe des Regenwaldes verbringen ihr ganzes Leben im Blätterdach. Dort haben die Pflanzen und Tiere alles, was sie brauchen: Nahrung, Wasser, Sonnenlicht, Schatten und Unterschlupf.
Sie haben sich an das Leben in den Wipfeln angepasst und müssen sie nie verlassen.

▶ Obwohl Tukane fliegen können, hüpfen sie bei der Futtersuche lieber von Ast zu Ast.

Über dem Kronendach

In noch größerer Höhe, über dem Dach des Waldes, ist die Luft frischer und das Licht strahlt blendend hell. Nach der Dunkelheit und Feuchtigkeit am Waldboden ist der Blick von oben atemberaubend. Die Kronenschicht des Waldes sieht wie ein riesiger grüner Teppich aus, der sich bis zum Horizont erstreckt.

Da und dort ragen einzelne Baumriesen aus diesem Teppich, wie Pilze aus einer großen Rasenfläche. Diese Bäume heißen in der Fachsprache Überständer. Einige werden höher als fünfzig Meter, also höher als ein mehrstöckiges Wohnhaus. Von einem dicken Ast in der Krone eines Baumriesen hängt eine prächtige Honigwabe.

◀ Ein Baumriese thront über dem Kronendach.

Abgesehen von den Bergen in der Ferne ist dies der höchste Punkt im weiten Umkreis. Der Wald erstreckt sich in alle Richtungen, so weit das Auge reicht. Einige Baumwipfel weiter unten haben kahle Äste. Der Regenwald hat seine eigenen merkwürdigen Jahreszeiten. Die Bäume werfen ihre Blätter ab und lassen neue wachsen, doch dieser Vorgang findet nicht gleichzeitig statt. Jede Art ist anders.

Ein großer Adler sitzt in der Nähe seines Nests in der Krone eines anderen Baumes. Diese riesigen, starken Vögel jagen Affen. Adler sind die Könige des Kronendachs, sie haben von anderen Tieren nichts zu befürchten. Unter ihnen erstreckt sich der Wald wie ein großer Speisesaal, in dem alle Gäste damit beschäftigt sind, sich gegenseitig aufzufressen.

Pflanzen und Tiere sind über die Nahrung und ihre Feinde miteinander verbunden. Die Biologen sprechen von einer »Nahrungskette«. Selbst der wildeste Jäger endet irgendwann einmal als Nahrung für jemand anderen. Wenn ein Adler stirbt, wird er vielleicht von Geiern gefressen, oder sein Körper verwest einfach am Boden und dient irgendwann Pflanzen als Nahrung. Im Regenwald wird nichts vergeudet.

Die Riesenhonigbiene baut ihren Stock weit oben, um ihren Honig vor Dieben zu schützen. Oft wählen die Bienen die höchsten Bäume im Wald, außerhalb der Reichweite aller Naschkatzen. Nur besonders mutige oder hungrige Tiere würden eine so gefährliche Kletterpartie riskieren. Jali hat eine bessere Idee, wie er an den Honig im Nachbarbaum herankommt. Er nimmt den Stock, den er vorher abgeschnitten hat, lehnt sich vor und versucht, einen Teil der Honigwabe herunterzuschlagen. Dabei achtet er darauf, nicht das ganze Nest zu zerstören, damit die Bienen nicht von ihrem Standort vertrieben werden.

◀ Die südamerikanische Harpie ist der größte Adler der Welt.

▲ Nektar trinkende Vögel werden von leuchtenden Farben, vor allem von Rot und Orange angezogen.

Zurück auf dem Boden

Über dem geschützten Blätterdach weht ein kräftiger Wind. Von dem Baumriesen lösen sich Samenhülsen ab. Bei ihrem langsamen Fall drehen sie sich wie die Rotorblätter eines Hubschraubers. Der Wind treibt sie weit weg vom Baumriesen und gibt ihnen so die Möglichkeit, sich in verschiedenen Teilen des Waldes zu verbreiten.

Etwas tiefer im Innern der Kronenschicht ist es windstill. Ohne Wind sind die Bäume bei der Samenverbreitung auf Vögel, Insekten oder größere Tiere angewiesen. Mit süß schmeckenden, stark duftenden Früchten und farbenprächtigen Blüten, die mit Nektar gefüllt sind, locken sie die Tiere an.

Wenn sich ein Vogel oder ein Insekt in eine Blüte beugt und den Nektar trinkt, wird sein Kopf mit klebrigem Blütenstaub überzogen, dem so genannten Pollen. Bei der Landung auf einer anderen Blüte wird der Pollen abgerieben. Wenn die Blumen der gleichen Art angehören, entwickelt die zweite Pflanze Samen. Größere Tiere fressen Früchte und wandern dann in einen anderen Teil des Waldes. Der Samen wird im Magen des Tiers transportiert, bis er dann mit dem Kot ausgeschieden wird. Verschiedene Baumarten produzieren zu unterschiedlichen Zeiten Blüten, Früchte oder Samen, daher ist stets irgendwo Nahrung vorhanden.

▶ Samen mit Flügeln vertrauen darauf, dass der Wind sie über weite Strecken trägt.

▲ Die Wurzeln einer alten Würgerfeige winden sich wie eine Zwangsjacke um ihren Wirtsbaum.

Unter den Schlingen der Liane hat der Baum offenbar mehr als einen Stamm. Tatsächlich sind es zwei Bäume. Die meisten »Stämme« sind dicke Wurzeln und gehören zu einer alten Würgerfeige, die sich um den Stamm eines anderen Baumes gewunden hat. Der Trägerbaum wird auch Wirt genannt. Die Würgerfeige begann ihr Wachstum nicht am Boden. Ein Vogel ließ sie als Samen in einem Baumwipfel fallen. Wenn ein Feigensamen in einer Astgabel keimt, bildet er rasch lange dünne Wurzeln zum Boden. Andere Wurzeln wachsen am Wirtsbaum hinunter und umwickeln seinen Stamm kreuz und quer mit einem dichten Netz. Wenn der Feigenbaum stärker wird, reckt sich seine Blattkrone durch das Kronendach und produziert Früchte für die nächste Generation von Vögeln und Affen. Eines Tages überschattet die Feige den Wirtsbaum und nimmt ihm das Licht. Manchmal stirbt der Wirtsbaum ab, doch dann ist die Würgerfeige stark genug, um sich selbst zu tragen.

Nach Einbruch der Dunkelheit gesellen sich Flughunde, Rehe und Wildschweine zum Festmahl. Ein Feigenbaum voller Früchte ist wie ein Gratisessen, das einmal im Jahr stattfindet. Die Tiere der Umgebung fressen Tag und Nacht davon, bis die Früchte verzehrt sind.

▼ Faulende Früchte entwickeln Alkohol. Dieser Schmetterling ist vom Naschen an einer Feige bereits benommen.

Das Puzzle

Nachdem du wieder vom Baum heruntergeklettert bist, lehnst du dich gegen einen umgestürzten Baumstamm und streifst dabei eine hohe Pflanze. Binnen Sekunden ist dein Arm mit beißenden Ameisen übersät. Die Kolonie lebt im hohlen Stängel der Pflanze und ernährt sich von der süßen, klebrigen Flüssigkeit ihrer Blätter. Zum Ausgleich dafür beschützen die Ameisen die Pflanze vor vielen Tieren, die ihre Blätter fressen wollen. Ameisen und Pflanze leben in vollkommener Harmonie und helfen sich gegenseitig im Überlebenskampf.

▼ Das Fällen eines einzigen Baumes kann den Lebensraum vieler Pflanzen und Tiere zerstören.

Regenwälder bestehen schon seit Millionen von Jahren. In dieser Zeit haben Pflanzen und Tiere jede verfügbare Nische besiedelt und eine Methode entwickelt, dort am besten zu leben. Da sie schon so lange Seite an Seite leben, sind viele Tiere und Pflanzen aufeinander angewiesen. Alle Lebewesen im Regenwald sind miteinander verbunden. Das System, das sie verbindet, heißt Ökosystem.

Das Ökosystem des Regenwaldes kannst du dir wie die Teile eines Puzzles vorstellen. Wenn ein Teil fehlt, ist das ganze Puzzle ruiniert. Wenn eine Pflanzen- oder Tierart ausstirbt, stirbt auch alles, was von ihr abhängt.

▶ Einige Blumen sind für die Verbreitung ihrer Pollen auf ganz bestimmte Insekten angewiesen.

Genau wie jedes Puzzleteil nur an eine bestimmte Stelle passt, haben auch alle Tier- und Pflanzenarten ihren bestimmten Lebensraum. Pflanzen, die helles Sonnenlicht brauchen, können auf dem dunklen Waldboden nicht überleben.

▼▶ Eine einzige Epiphyte in einem Baumwipfel bietet kleinen Geschöpfen wie Fröschen alles, was sie zum Leben brauchen.

Eine Raupe verhungert, wenn sie zu weit von ihrer Futterpflanze entfernt ist. Kaulquappen können ohne Wasser nicht überleben. Das Ökosystem besteht aus tausenden kleinen Lebensräumen. So ist beispielsweise jeder Baumwipfel eine Stadt im Kleinformat mit ihrer eigenen Bevölkerung aus ständigen Bewohnern. Besucher wie Affen, Vögel und Insekten kommen und gehen. Auf ihrer Nahrungssuche ziehen sie von Stadt zu Stadt, doch einige Tiere verbringen ihr ganzes Leben im selben Baumwipfel. Sie können nicht wegziehen, weil sie auf die anderen Pflanzen und Tiere in der Nachbarschaft angewiesen sind.

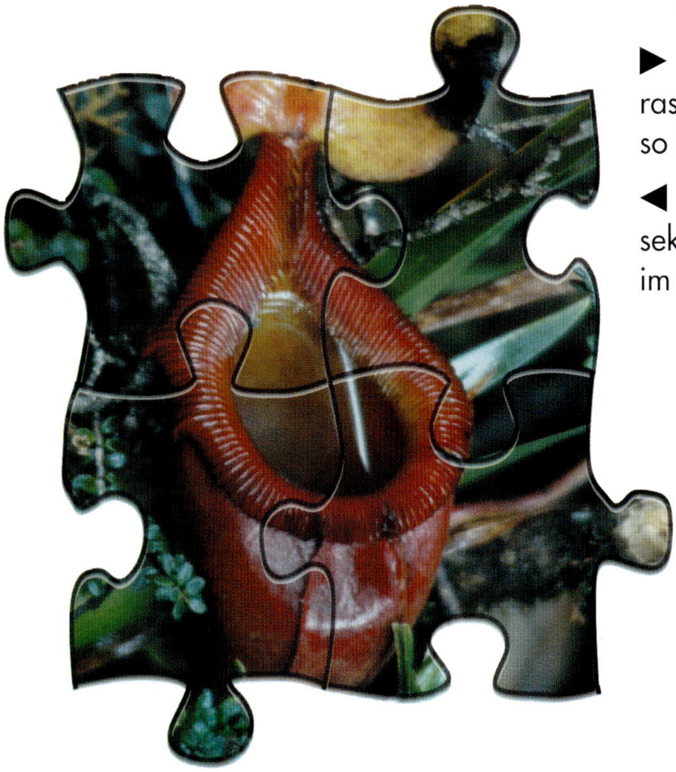

▶ Pilze sind sehr wichtig, sie zersetzen rasch das herabgefallene Laub und schaffen so Nährstoffe für andere Pflanzen.

◀ Kannenpflanzen ernähren sich von Insekten. Ohne diese Kost könnte die Pflanze im nährstoffarmen Boden nicht überleben.

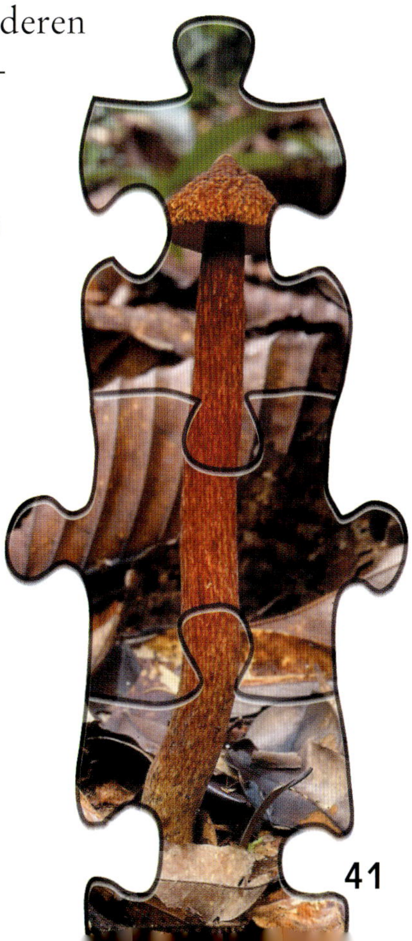

Die Berge in der Ferne, die man nur sehen kann, wenn man sich über dem Blätterdach befindet, beherbergen einige Tiere und Pflanzen, die sonst nirgends im Wald vorkommen. Man kommt nur sehr schwer dort hin, aber Jali kennt den sichersten Weg.

Über den Wolken

Jali führt dich hinauf zu den Bergen. Er scheint einem unsichtbaren Pfad zu folgen. Jeder Schritt ist mühsam, denn euer Weg führt steil bergauf. Je höher ihr kommt, desto kühler wird es. Die Luft ist sehr feucht und neblig. Das Blätterdach über euren Köpfen ist niedriger. Selbst die höchsten Bäume sind nicht größer als ein Haus. Der Wald besteht größtenteils aus kleineren Bäumen und Büschen.

▶ Mit seinem langen Schnabel kann der Gelbohr-Spinnenjäger Nektar und Insekten fressen, an die andere Vögel nicht herankommen.

Die meisten Pflanzen hier oben unterscheiden sich von den Pflanzen im tiefergelegenen Tal. Und noch etwas ist anders. Im Wald ist es ruhiger. Nur wenige Vögel und Insekten sind zu hören. Die Vögel sehen auch anders aus. Hier ist vielleicht der einzige Ort im Wald, an dem man sie überhaupt zu sehen bekommt. An einigen Stellen ist euer Weg durch gewundene Stämme versperrt, die mit einem dichten Netz stachliger Kletterpflanzen überzogen sind.

◀ Diese Eidechse, ein kleiner Skink, kann in den Bergen leben, für viele andere Reptilien ist es jedoch zu kalt.

▲ Der Berghang ist mit dichtem Wald bedeckt.

▲ Die meisten Orchideen sind Epiphyten. Ihre Blüten hängen von den Ästen herab.

Aus dem nassen Moos, das von den Zweigen hängt und an den Baumstämmen wächst, tropft Wasser. Das Moos bedeckt auch den Boden, die Felsen und Wurzeln mit einem schwammigen rutschigen Teppich. Nebelschwaden driften durch den Wald und schaffen eine gespenstische Atmosphäre. Geisterhafte Formen tauchen auf und verschwinden. Bäume recken ihre moosigen Arme, als wollten sie dir beim Vorbeigehen auf die Schulter tippen. Wunderschöne blasse Orchideen baumeln von den Ästen und streifen über dein Gesicht.

Es raschelt im Unterholz. Eine lange Schnauze wird herausgestreckt, gefolgt von Schnurrhaaren und einem pelzigen Kopf. Eine große Ratte steht vor euch. Ohne Scheu schnuppert sie und mustert die beiden zweibeinigen Eindringlinge gründlich, bevor sie wieder ins dichte Unterholz zurückkehrt. Zuletzt verschwindet ihr langer Schwanz, der dicker ist als ein Schnürsenkel.

Jali deutet durch die Bäume auf ein orangenes Glühen in der Ferne. Die Sonne geht bereits unter. Es ist Zeit, sich einen Platz für die Nacht zu suchen. Die Besteigung des Gipfels muss bis morgen warten.

Auf dem Gipfel der Welt

Die Nacht ist so kalt, dass ihr kaum schlafen könnt. Du bist schon vor Sonnenaufgang wach. Sobald es hell ist, macht ihr euch wieder auf den Weg und steigt langsam bergauf. Das Atmen fällt schwer, weil die Luft so weit oben weniger Sauerstoff enthält. Der Berg verbirgt sich immer noch hinter dichten Wolken.

► Durch Rodung wird jede Sekunde ein halber Hektar Regenwald vernichtet.

Die meisten Bäume sind klein und stämmig und wachsen mehr zur Seite als in die Höhe. Ihr Wachstum wird durch den starken Wind und den nährstoffarmen Boden behindert.

Zwischen den niedrigen Büschen winden sich lange Stängel, die in vasenartigen Blättern enden. Normale Pflanzen ziehen ihre Nahrung aus der Erde. Diese Kannenpflanzen sind anders. Sie fangen stattdessen Insekten! Wenn eine Ameise in den Kelch krabbelt, kommt sie wegen der glitschigen Wände nicht mehr heraus. Die Flüssigkeit im Kelch ist eine Mischung aus Regenwasser und Chemikalien. Wenn die Ameise hineinfällt, wird sie aufgelöst und in Nahrung für die Pflanze umgewandelt.

Der Gipfel ist mit Farnen und anderen niedrig wachsenden Pflanzen bedeckt. Als ihr oben ankommt, hebt sich gerade der Morgennebel. Auf allen Seiten kommen nach und nach grüne Flecken zum Vorschein wie Farbflecken, die man durch ein leicht beschlagenes Fenster sieht. Doch bald kann man bis zum Horizont sehen: Überall Wald, so weit man auch blickt.

In der Ferne steigt von einem großen Feld nackter Erde Rauch auf. Dort wird der Wald abgeholzt und niedergebrannt. Es sieht aus, als ob man mit einer riesigen Zigarette ein Loch in einen wertvollen Teppich gebrannt hätte. Die Regenwälder der Erde werden zerstört. Eines Tages wird vielleicht auch der Rest dieses Waldes zusammen mit all seinen wunderbaren Bewohnern verschwinden.

Über euch kreist ein Adler. Im Sturzflug nähert er sich dem Tal und gleitet hoch über dem Kronendach dahin, wo die Affen gerade aufwachen, und fliegt dann weiter zur Küste. Wahrscheinlich gleitet er über die Landebahn, an der deine unglaubliche Reise in den Regenwald begann. Schon bald ist er nur noch ein weit entfernter Punkt am Horizont.

▶ Kannenpflanzen fangen und fressen Insekten und sogar kleine Eidechsen.

Worterklärungen

ausgestorben: Eine Pflanzen- oder Tierart, die nicht mehr existiert

Baumriesen: Große Bäume, die höher wachsen als die anderen und aus dem Kronendach herausragen

Beute: Ein Tier, das von Beutegreifern getötet und gefressen wird

Beutegreifer (Raubtier): Ein Tier, das andere Tiere jagt und tötet

Biodiversität: Die Vielzahl verschiedener Pflanzen- und Tierarten

Blutegel: Harmloser, Blut saugender Wurm

Bromelie: Eine Epiphyte, die in den Tropen Amerikas vorkommt

Brettwurzeln: Flache Wurzeln, die über dem Boden seitlich aus dem Stamm herauswachsen. Sie gewährleisten, dass hohe Bäume nicht umkippen.

Epiphyte: Eine Pflanze, die auf einer anderen Pflanze wächst und diese nur als Stütze benutzt

fluoreszierend: Hell aufleuchtend

Gecko: Eine Echsenart, normalerweise nachtaktiv.

Kauliflorien (Stammblüter): Wissenschaftlicher Begriff für Bäume, bei denen Blüten oder Früchte direkt aus dem Stamm wachsen, anstatt sich an den Ästen zu bilden

Kronendach: Die Schicht aus Blättern und Ästen in den Baumwipfeln, die ein Dach über dem Wald bildet.

Kannenpflanze: Fleisch fressende Pflanze, die auf nährstoffarmem Boden wächst

Lebensraum: Der Ort, den ein Tier oder eine Pflanze bewohnt

Liane: Kletterpflanze mit langen hölzernen Stängeln, die oft in großen Schleifen von den Bäumen hängen

Malaria: Schwere Krankheit, die von Stechmücken übertragen wird und hohes Fieber verursacht. Die Krankheit kann sogar tödlich sein.

Mangroven: Bäume, die im Salzwasser von Sümpfen wachsen können, zum Beispiel dort, wo ein Fluss ins Meer mündet

Mimese: Eine Tarnung, die einem Tier hilft, sich zu verstecken

Mimikry: Sich als etwas anderes ausgeben; eine Form der Tarnung

nachtaktiv: Lebewesen, die bei Tag schlafen und nachts wach sind

Nährstoffe: Stoffe in der Nahrung, die ein Lebewesen zum Überleben braucht

Nahrungskette: Die Beziehung zwischen Pflanzen und Tieren, die sich voneinander ernähren

Nektar: Eine honigähnliche Flüssigkeit, die von Blüten produziert wird, um Vögel und Insekten anzuziehen

Ökosystem: Die Art und Weise, wie Lebewesen miteinander verbunden sind und voneinander abhängen, um zu überleben

Pilze: Einfache Pflanzen ohne Blüten, Blätter oder Wurzeln, die an dunklen, feuchten Stellen wachsen

Pionierpflanzen: Die Pflanzen, die eine Lücke zuerst besiedeln

Pollen: Blütenstaub, der von Vögeln und Insekten von einer Blüte zur nächsten weitergegeben wird

Regenwald: Ein uralter Wald in bestimmten Gebieten der Erde, in denen es heiß und feucht ist

Reptil: Schuppiges, kaltblütiges Tier wie etwa eine Eidechse, eine Schlange oder ein Krokodil

Rodung: Das Verschwinden von Wäldern, wenn die Bäume gefällt oder niedergebrannt werden

Saprophyten: Pilz, der sich von totem oder verrottendem Material ernährt

Sauerstoff: Ein Gas, das in der Luft enthalten ist und von allen Lebewesen gebraucht wird

Schmarotzer: Pflanzen oder Tiere, die sich von anderen lebenden Pflanzen oder Tieren ernähren

Schössling: Junger Baum

Termiten: Kleine Insekten, die abgestorbenes Holz und verrottende Blätter fressen

Träufelspitze: Spitze am Ende eines Blattes, über die das Regenwasser schneller abfließen kann

Überständer: Baumriesen, die höher als die anderen Bäume werden und aus dem Kronendach herausragen

Unterwuchs: Die Schicht der Waldbäume und Büsche zwischen dem Boden und dem Kronendach

Vegetation: Die grünen Teile des Waldes

Wirt: Pflanzen oder Tiere, auf denen sich Schmarotzer ansiedeln und die zur Ernährung oder als Wachstumshilfe benutzt werden

Würger: Ein Baum, der seine Wurzeln für einen besseren Halt um andere Bäume windet

Zikade: Insekt, das seine Körperseiten schwingen lässt und so einen schrillen »Gesang« erzeugt

Register

Ein Dank für die Bilder: Richard Clemence, photography, Seiten 4/5; YHA Adventure Shops, Oxford, Bekleidung und Ausrüstung, Seite 5